김재호
OHEAJMIK 글·그림

가진 사람을 좋아한다.

모닝 커피는 있고 나이트 커피는 왜 없는지 의문이다.

그림을 그리고 글씨 쓰기를 좋아한다.
밤낮없이 바쁘게 일하지만 틈틈이 그림을 그리고
키보드를 빠르게 치지만 '손글씨'로 마음을 표현한다.

나이를 먹을수록 철드는 것이 싫다.
빨리 어른이 되기엔 인생이 너무 짧으므로.

제일기획 아트디렉터이며,
《행운 연습》《너란 남자, 나란 여자》의
일러스트를 그렸다.

kimjaeho@me.com
www.instagram.com/oheajmik

토닥토닥
맘조리

한 그루의 나무가 모여 푸른 숲을 이루듯이
청림의 책들은 삶을 풍요롭게 합니다.

토닥토닥 맘조리

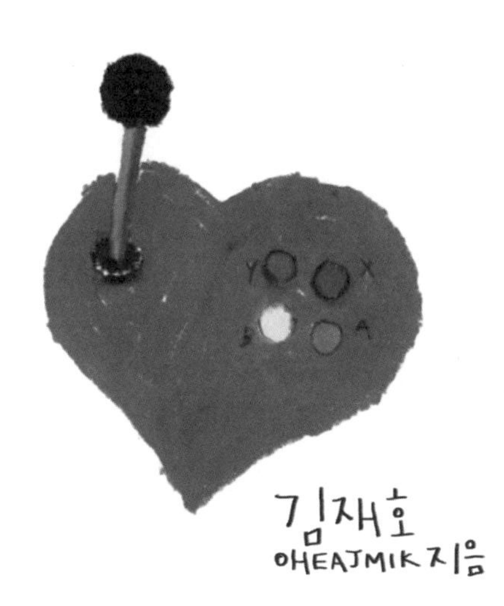

김재호
OHEAJMIK 지음

레드박스

언젠가, 이 녀석들이, 세상밖으로 나오길

일러두기
저자는 본문 원고를 직접 '손글씨'로 썼으며, 저자의 의도에 따라 일부 맞춤법과 띄어쓰기의 어긋남을 허용했습니다.

PROLOGUE

그림을 빼어나게 잘 그리진 못하지만
입버릇처럼 말하곤 했습니다
그림 그리면서 살고 싶다고요

그림을 슥슥 그리고, 글을 쓱쓱 쓰면서
남기고 싶은 메시지는 딱 하나였습니다
"따뜻함"

요사이 세상은 너무나 춥고
주변엔 "내맘" 같지 않은 일들이 잦았습니다
그래서 "내맘" 같은,
사람들 마음이랑 가까운 이야기를 하고 싶었습니다

첫장을 넘기시면 금세 후루룩 - 다 읽으실거예요.
어려운 책이 아니거든요

그리곤 가방에 넣어서 가지고 다녀주세요
이따금 다시 꺼내 아무데나 펼쳐서 또 읽어주세요
책의 모서리가 낡고 손때도 묻고
어딘가엔 커피 자국도 남아있는
그런 책으로 만들어 주세요

정말 고맙습니다. 늘 안녕하세요.
맘조리 잘하세요

김재호 드림

CONTENTS

PART 2
저기요, 먼지는 털어도 멘탈은 털지 마세요

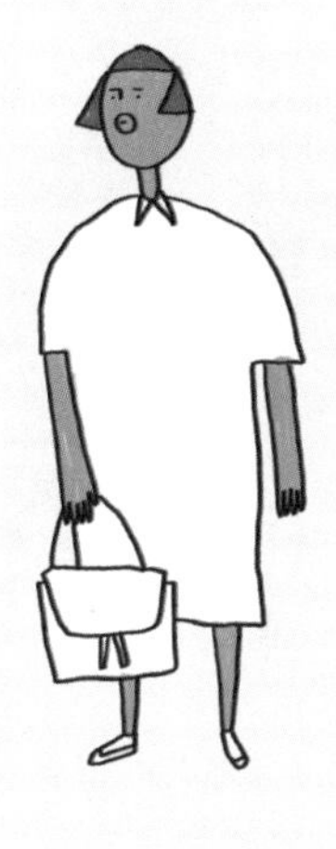

PART 3

아무리 생각해도 '시름시름'은 '싫음싫음'이 분명해

PART 4
너만 몰라,
세상에서 네가 제일 판타스틱한 거

PART 1

한눈에 알아봤다,
우린 너무 넘치거나 모자랐거든

취급 시 주의사항

100% HUMAN
36°
OH
EA
JM
IK
따뜻할것
쫄아있지말것
쥐어짜지말것
SUNDAY
1.JAN

12345

어쩌면 좋지?
일이 삶보다 앞에 있어...

FRIDAY 1
JULY

일-이-삶-사-오

SUNDAY
8. JAN

고백하고 싶다.
내가 좋아하는 일이랑
오래 오래 늙고 싶다고
해야만 하는 일 말고,
누가 시켜서 하는일 말고.
미운일은 더더욱 말고
내가 좋아하는 너란 일

좋아하는 일이랑 썸타는 중

시간이 없어서,
라는 말을 너무자주 하고 있지는 않나

XII
시간있어?
나 두시간만
FRIDAY 13 MAY

"아… 내가 할수 있을까… 싶다"

"왜? 뭐가?"

"뭐… 걍… 그래"

"이거, 받아. 머리에 꽂아봐"

"뭔데. 웬 꽃? 머리에?"

"미친척하고 해보라고"

"아-응…"

머리에 꽃을 달고 미친척 춤을

월요일에 주문하고 5일 기다리면

토요일하고 일요일이 온다,

여지껏 그랬고 앞으로도 이 이틀이 오면

버선발로 마중을 나간다

SUNDAY. 19. JUNE

월요일 해뜨자마자 또 이틀 주문해야지

끝까지 놀아라

SUNWOO
SUYEON

SUNDAY 31 JULY

넘나 짧은 주말 블록버스터

월요일행

화요일부터 시작하면
화요병이 생기려나

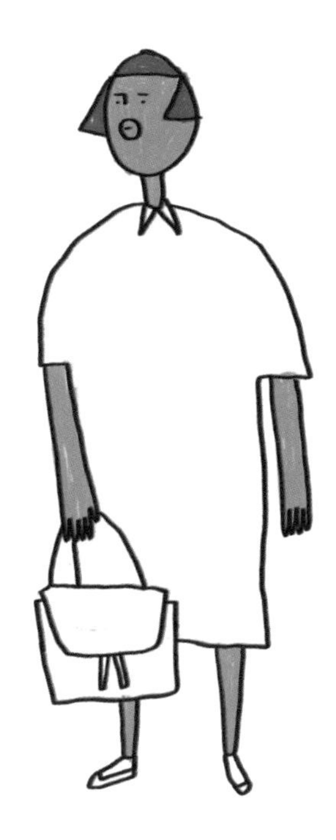

잔뜩 사랑스럽지만,
그런 여자아이 지만
수염이 자라서
조금 슬픈
'선우수연' SOOYEON

MONDAY
14
DEC

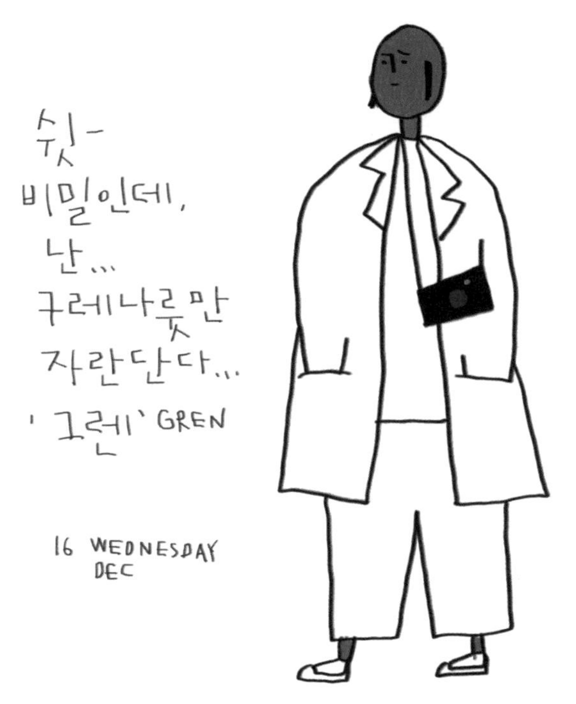
쉿-
비밀인데,
난...
구레나룻만
자란단다...
'그렌' GREN
16 WEDNESDAY
DEC

한눈에 알아봤다, 우리는

너무나 넘치거나 모자랐거든

16, WEDNESDAY DEC

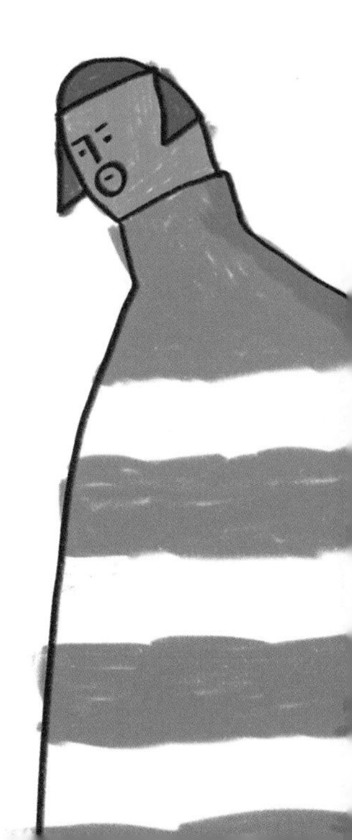

봄이다
곧 봄이다
꽃봄이다

오롯이 너를 똑닮은 계절이다

finally spring
friday
10. APR

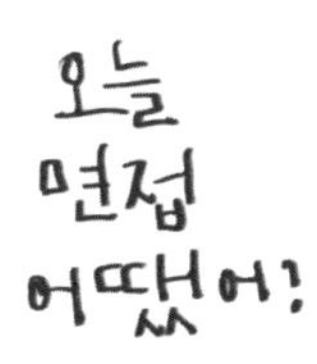
오늘
면접
어땠어?

…
너
같더라

아...

내맘같지
않더라고

SUNDAY
31
JAN

토닥... 토닥...

첫 단추를 잘못 꿨더니, 넘나 스타일리쉬하다

FRiday. 4. nov

뭐하나 얻어걸리소서

BAD REASON

이유와 핑계는 아주다르다

HAHAHA I AM LAZY BOY
MONDAY
30, MAY

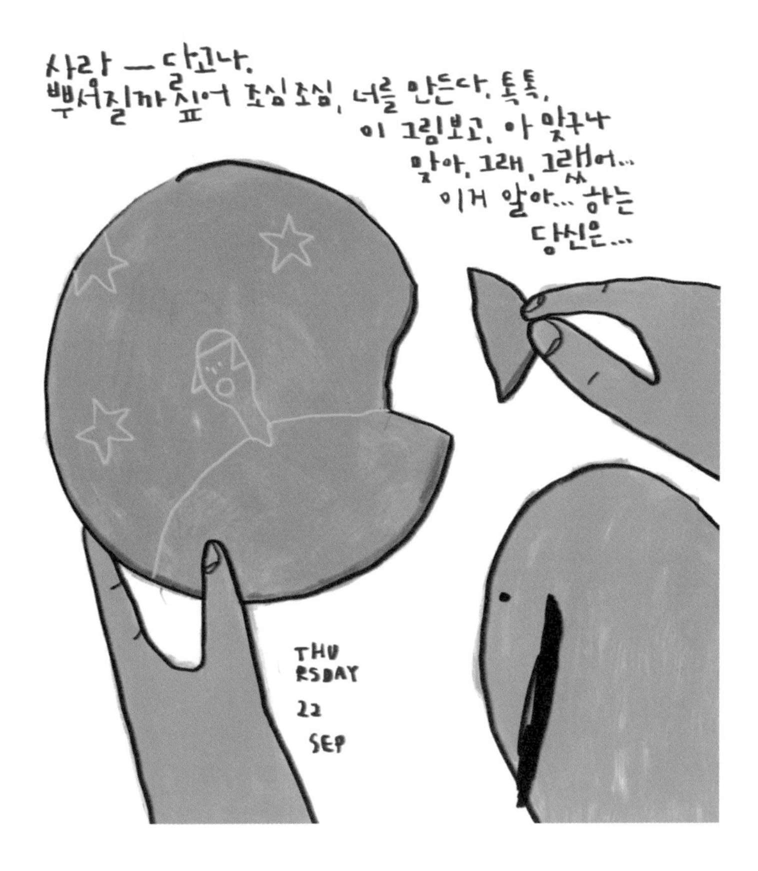
사랑 — 달고나.
뿌서질까 싶어 조심조심, 너를 안는다. 톡톡,
이 그림보고, 아 맞구나
맞아. 그래, 그랬어...
이거 알아... 하는
당신은...
THU
RSDAY
22
SEP

사랑을 알고있나요? 그 달디 단 것

ARE PEOPLE GONNA LIKE IT?
사람들이 좋아해줄까?

: LALA LAND 중에서

SATURDAY
31. DEC

SUN
DAY
AUG
14

볕좋은 날
비옥한 화분에
너 하나를 심어본다
너 둘,
너 셋이
될까 해서

음, 아닌가? 어쩌면 단 한명이어서
널 사랑하게 된건지도

내가 착! 하면
너도 착! 하는 사람

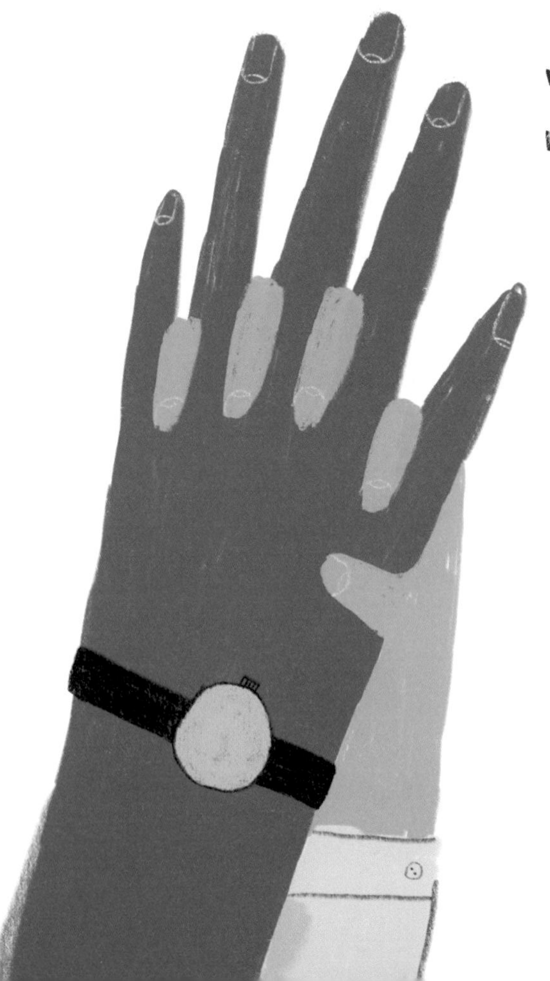

그런 사람이
내게 착한사람

WEDNESDAY 15 JUNE

내가 계란말이라면, 너는 케첩

SATURDAY 11
JUNE

RECIPE.

SUNDAY
25 MAY

팔짱을 낄땐,
팔을 살짝 들어올린다
라고 했다

"이뻐라, 나 저꽃 같고싶어"
"갖고싶다겠지 ㅎㅎ, 사줘?"
"아니... 꽃, 같고싶다고"

넌 꽃같다, 꽃처럼 살아

saturday. 5. NOV

커피를
내리면
커피가
내려와야지
안커피인게
내려오면
안되지!
않을까?

"주문하신 샷 추가한 물 나왔습니다"
이건 아니잖아

TUESDAY 31, MAY.

미안, 낮엔 많이 더웠지 라며
착한 바람이 분다

TUESDAY
31. MAY

여름밤, 낮별의 위로가 불어왔다

MONDAY
6 JUNE

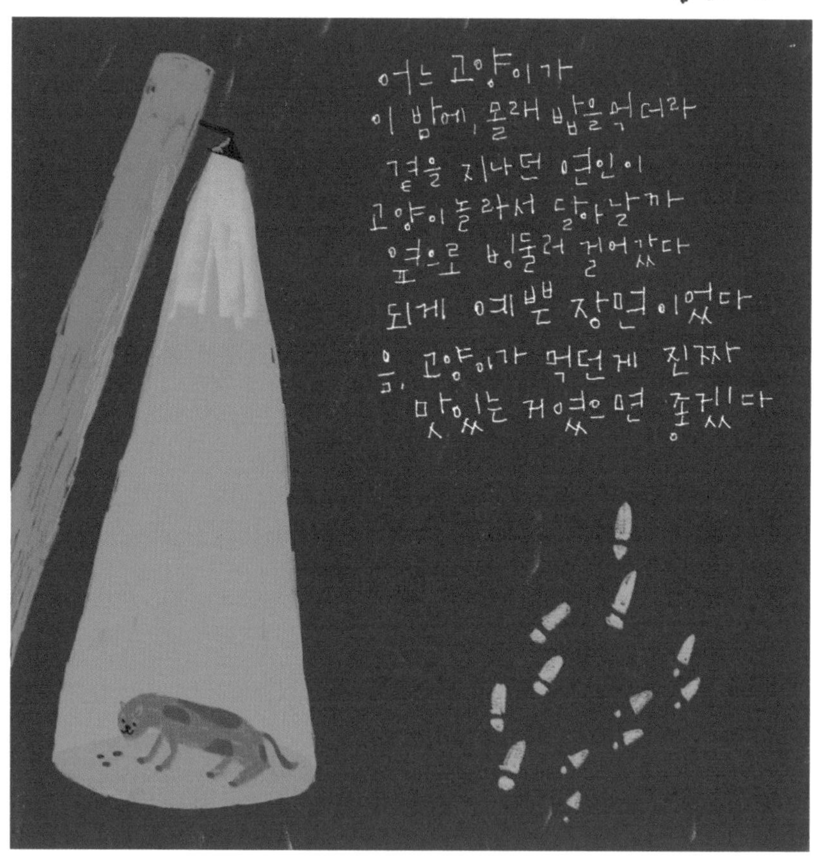

그 연인들, 좋은일 생겨버려라

새벽퇴근, 택시안,
잠깐이라두 졸고픈데 자꾸
말을거신다, 딸얘기, 뉴스...
아저씨 "대화"가 고프셨던거 같다
자동차는, 말을 못하니까

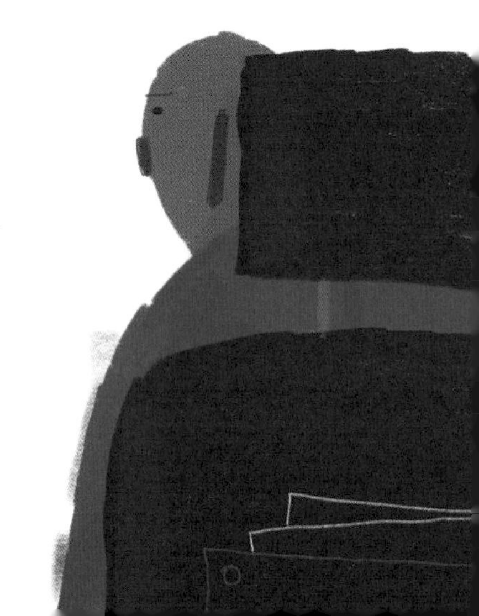

아저씨 미안해요.
전화받는 척했어요...

SATURDAY. 19. JUNE

나쁜 입과 못난 손을 뻗기만 해도 닿는
가까운 사람들… 미안

SO, SORRY…
너무 가까워서
상처 안 받을 줄 알았는데,
너무 가까워서 작은 휘둘림에도
다치는 거였다
THURSDAY
JULY
21.

아…
춥다.
팔짱끼고
걸을래?
아…음…
그래

한결
종구나 :-)
... 이ㅅㄲ...
TUESDAY
2
FEB

SATURdAY
26.MAR
사랑스럽다
사랑스러브다
사랑스loVE다

세상에…, 어쩐지 그런거 같더라니

신기한거
보여줄까?
파랑실이랑,
빨간단추로 -

사라져라
ㅋㅋㅋㅋ

TUE
SDAY
9
AUG

이거 하나 만들어 볼까 ㅋㅋㅋ

부러우면 지는거다 가 아니라
부러워야 이길수있는거다
난 요즘도 별게 다 부럽고
배아프고 샘난다

잔뜩 질투할래. 모자라야 뭘 채우지

SWAG
SWAG
SUNDAY
4 JUNE

잘하는 사람이 참 많아,
위로, 아래로, 많이 배운다

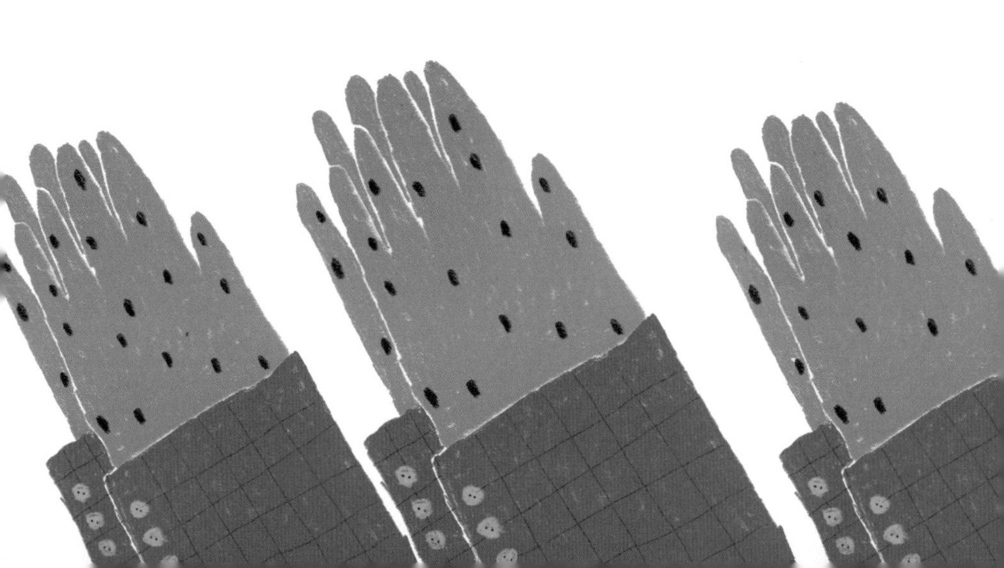

수박수박수박수박수박수박수

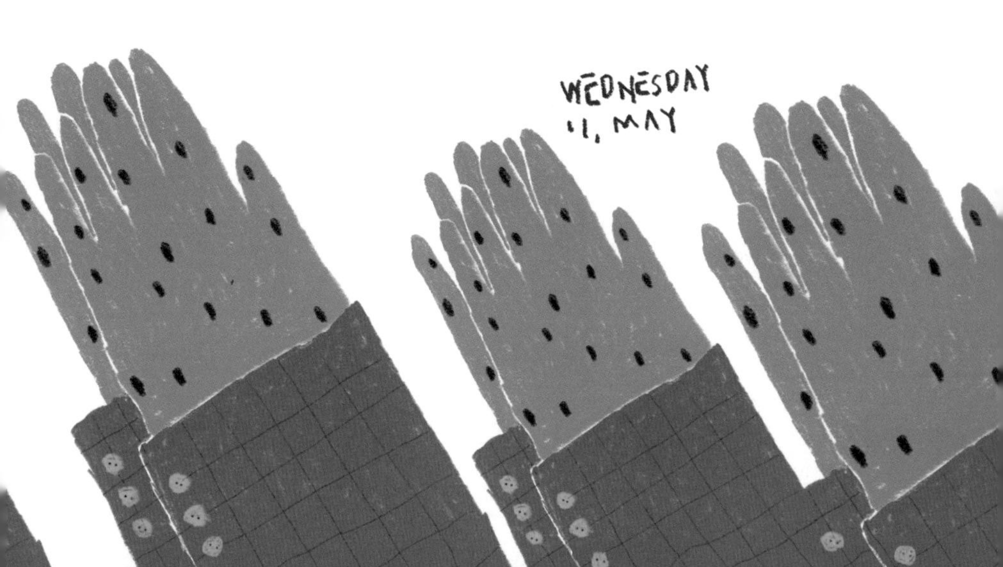

하루 또 보냈다
다행이다. 오늘같은 날들이
아직 우주만큼 많이 남아있어서

오늘 같은 오늘이 아직 수천 수만일 남았어
DO SOMETHING.

전 주변에 좋은 사람이 많아요
그리고 그럴 나이잖아요
그러니까 서로 좋은 사람이 되어주어요
그럴 나이에요

사용전, 꼭, 읽어보시오

"나는 원래
사람대할때
이렇게 해"
라고 말하는 사람에게
주고싶은, 나 설명서

너 왜 잠 안자고
새벽에 그림 그리냐고
자꾸 묻는다

음.. 낙서하는게 좋아하는데
낮엔 바빠서 그릴 짬이 안난다
그래서 이시간에라도 안그리면...
하루중에 내가 좋아하는 일을 한개도 못한거잖아?
그건 좀 별로다

내꿈은, 그림그리는 사람이었다
그러니까 이 책은 약간 내꿈의 한 단편이다

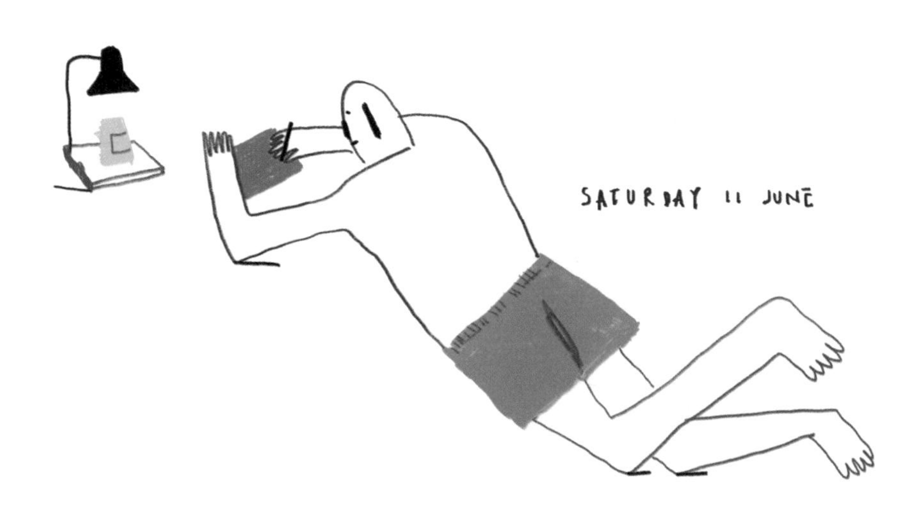

어떤 바람앞에든
[언젠가] 가 붙으면
괜히도 희망적이된다
조급하지도 않은 것이
왠지 될것 같기도 하고
잘될것 같은 느낌적인 느낌이다

SOMEDAY

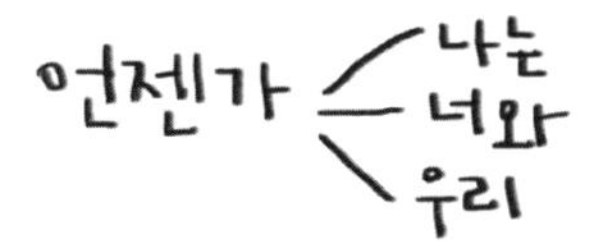

THURSDAY 23 JUNE

SATURDAY
3
DEC

오늘도 깜짝 놀랐어.
니가 들려준 노래가 너무 내 얘기라서.
어째서인지 되게 궁금하다
열어보고 싶다. 내가 들어앉았나 싶다

큰일이야. 뽀뽀뽀를 들어도 내 이야기 같아

DO NOTHING

쉬는날에는 쉬자
막 빡세게 놀러다녀놓고는
월요일에
아... 쉬어도 쉰거같지않아 :-I
이런다 ㅋㅋㅋㅋㅋㅋ

SUNDAY
19
JUNE

꼭 그러더라. 내가

이야 - 하늘 끝내준다. 날씨바 :-)

사람들은 간혹
당황스럽게 좋을때,
감탄사처럼.
욕을 툭- 내뱉기도 하지

아... 날씨 바라...

칭찬에 인색해지지 말것

THURSDAY 1 SEP

PART 2

저기요,
먼지는 털어도 멘탈은 털지 마세요

내일 뭐할 예정인가?

SATURDAY 30 JUNE

꽤나 구체적이고 어찌할수없는 거절

아...

내 선글라스 어디갔지...

monday
19.aug

PLEASE, LEAVE ME ALONE

TAKE a REST.

우린 만날때 마다 얼굴 붉힌다

좋아서

너무 금방이면 밍밍하고
오래두면 떫다. 사람사이
타이밍 - 샤샤샥

TUESDAY 12 JULY

TEA

회의할 때, 저러고 턱을 괸 채 말하는 사람이 있다.

음... 왠지 모르겠는데 신경쓰여

쟤는 만년필처럼 얘기하고
얘는 볼펜처럼 얘기하고
쟤는 연필처럼 얘기한다

잔뜩 이야기 나눈후, 그 자리가 빼곡하다
바삐 펜들이 지나다닌 몰스킨 노트 처럼

SUNDAY 6 JUNE

그렇게 너에게 더 세심해질게

SUNDAY 3 JULY

있잖아,
내가 요즘 다소
뾰족뾰족할 수도 있어
근데, 그래서
좁거나, 굽어지거나 혹은
아주 작은 틈새까지
칠할 수 있는 거야

나도 일 가르쳐준
선배가 있었다.
너무 무섭고,
미울때도 많았는데,
요즘 되게 보고싶다
더 배워야 했는데...
아직도 물어보고 싶은게 많다
일도.. 사는것도, 못하겠다고
이거 좀 해달라고 조르고 싶다

WEDNESDAY 29 JUNE

까마득한 산같던 선배에게
묻고 싶은 것들이 산더미다

희망으로 고문하지마

희망을 휘-휘 흔들며
마음을 고문하는거, 그거
열라 뜨거운 열탕이랑,
ㅈㄹ 차가운 냉탕을
빤쓰만 입고
와리가리하는거다
하지마라,
병난다 그거

SUNDAY, 20, NOV

털어서 멘탈 안털리는 사람없다

우리, 먼지는 털어도
사람 멘탈은 털지 말아요
탈탈탈탈

WEDNESDAY
22 JUNE

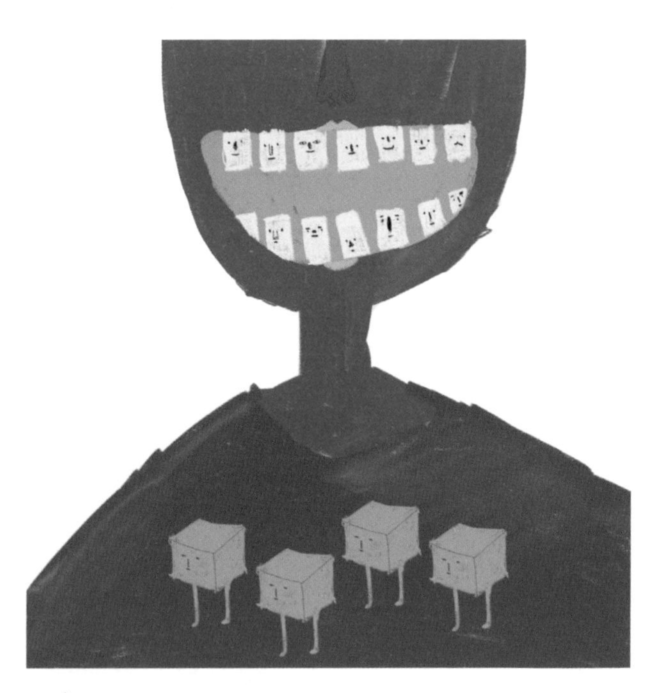

단거 많이 먹으면
안좋다 하더라마는
아좀, 매일 매일은
달달했으면 싶다 :-)

WEDNESDAY
18 MAY

매일이 쓰다면 달력을 넘기고 싶을까

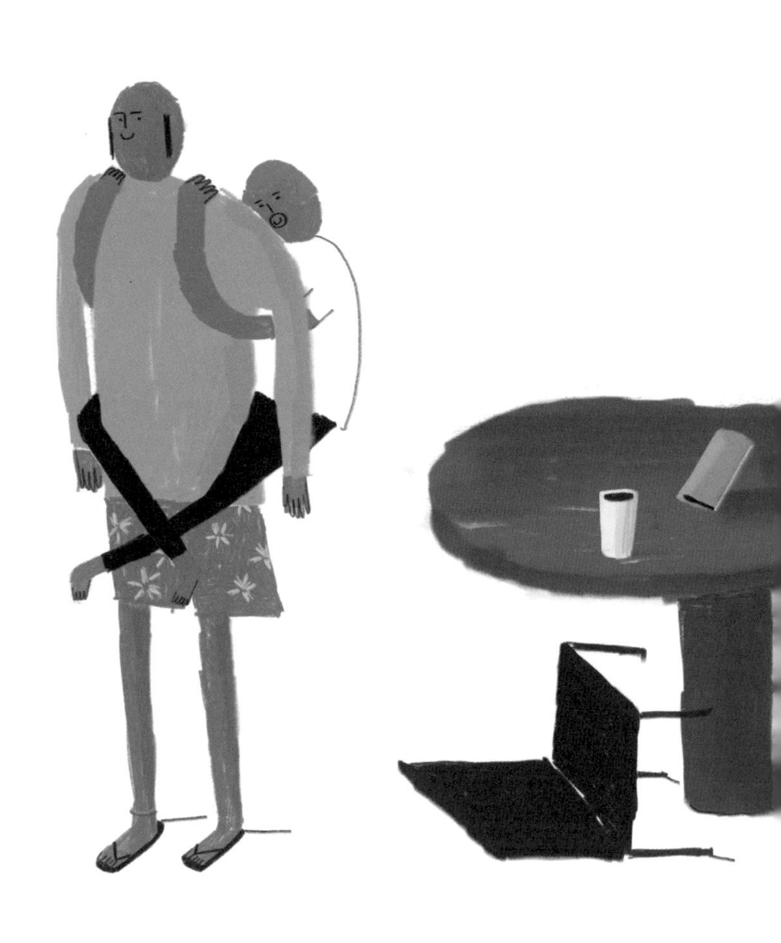

잡다한 가방말고
나를 메고 가렴.
밥도 같이 먹고
노래도 불러주고
사진도 찍어주고
그런단다

THURSDAY
16, JUNE

맥주 안주나 살까 싶어
마트에 갔다가 과자 번들을 보는데
땡기는건 한봉지고 두봉지는 뭐 강고랬다.
아뿔싸... 그러고보니 그렇다. 어른으로 사는것도
하고 싶은일 한봉지랑 하기 싫은일 두봉지구나
FRIDAY. 17. JUNE

마트 세번가면 해탈할 기세

내 저녁을 야근야근 갉아먹지 말아요

저녁을 먹었다고 해서
저녁이 있는 삶은 아니다

TUESDAY
28. JUNE

어릴적부터
어쩌면 나도 트루먼쇼처럼
막, 그런 주인공이고,
사람들이 어딘가에서 촬영하고
있지 않을까?! 생각했다
근데, 진짜 그랬으면 좋겠다
다시 찍고 싶은 장면이 몇개 있다

MONDAY
27, JUNE

힘 빼고 다시 한번 가실게요

자꾸들 그런다
혹은 스스로 느낀다
쟤, 또, 삽질한다고
아씨, 삽질을 해야
뭘 파낼거 아닌가베...
삽질하자 ㅋㅋㅋ

TUESDAY
JULY 5.

좋은건 저 ——— 밑에 있더라, 경험상

오늘 하루도 한장 더 넘긴다, 책갈피를 넣어둘
하루였는지는 모르겠다. 어째 이리 매일매일
다른 장르인걸까 TUESDAY JULY 26.

오늘은 어땠나요? 밑줄칠만한 일이 있었나요?

너가 영화배우가 아니라도,
배우처럼 안 생겨먹었어도 괜찮다,
그러니까 지금 모습이 연기가 아니라는 거잖아
레알이라는 거잖아

너는 진짜 진짜니까

가끔 잃어버리자, 보고싶도록

MONDAY
JULY 4.

I MISS YOU
널 잃어버렸다
곁에 없다,
그래서 보고싶다, 인거구나

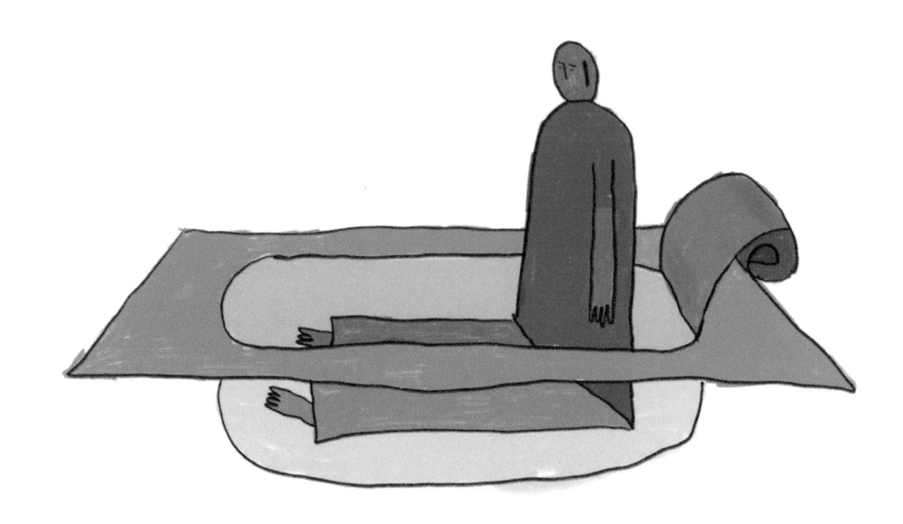

주위에. 사람들에 이로운 사람이 되고 싶다
그럼에도 누군가에겐 해로웁기도 한다.

모두에게 좋은 사람일수 없다. 안맞을수도 있는거지.
하물며, 영양제도 부작용이 있는데

WEDNESDAY. AUG.10

어쨌든 노력중. 아무리 좋은 약이라도
안맞는 사람이 있대

매일 매일이
Festival 이다
모든 Line up 이
다 맘에 들순 없다

애정하는 몇몇 스테이지로 극복-

Sunday,
7. Aug.

2007년, 인턴시절, 팀장님의 아주아주 몹시 중요한 일을
도와드렸었다, 다행히 탈없이 잘 마무리가 되었고,
팀장님께서 너무 고마워 하시며, 나에게...

은혜를 갚을게 - 라는 말씀을 하려던 걸거다 :-)

부탁인데, 동물들한테, 못난짓 하지말자
말못하는 짐승? 아닐걸? 싫다고 애기했을걸?
우리랑 쓰는 말이 달라서 몰랐겠지

난 싫어하는거

바로 알겠던데,

그러지 말자

내가 너를 안았는데
너도 나를 안아주는 느낌,
내가 너를 이뻐하는데
너에게서 이쁨받는 느낌,
아, 개좋아
FRIDAY 12 AUG

개좋다 :-)

설거지를 하면서
시그널 OST를 들었다
어쩐지.. 처연하고
긴박감 넘치는 BGM을
듣고있자니,
내가 연쇄설거지범이
된거 같다

SUNDAY
JULY 31

설거지는 다시 시작될겁니다,
그릇, 바꿀수 있어요

말이 씨가 된다..... 면 좋으련만.
나, 할말이 많다

SUNDAY, 9. OCT

그렇게 싹을 틔울수 있다면-

난 지금 그럭저럭 잘살고 있다.
그러니까 그래도 된다. 나도, 너도

나는 때때로 몹시 멍청하다. 한심하다
그러니까 대부분의 날은 안 멍청하고 안 한심한거다
그러므로 이따금 멍청하고 한심해도 된다

FRIDAY 14 OCT

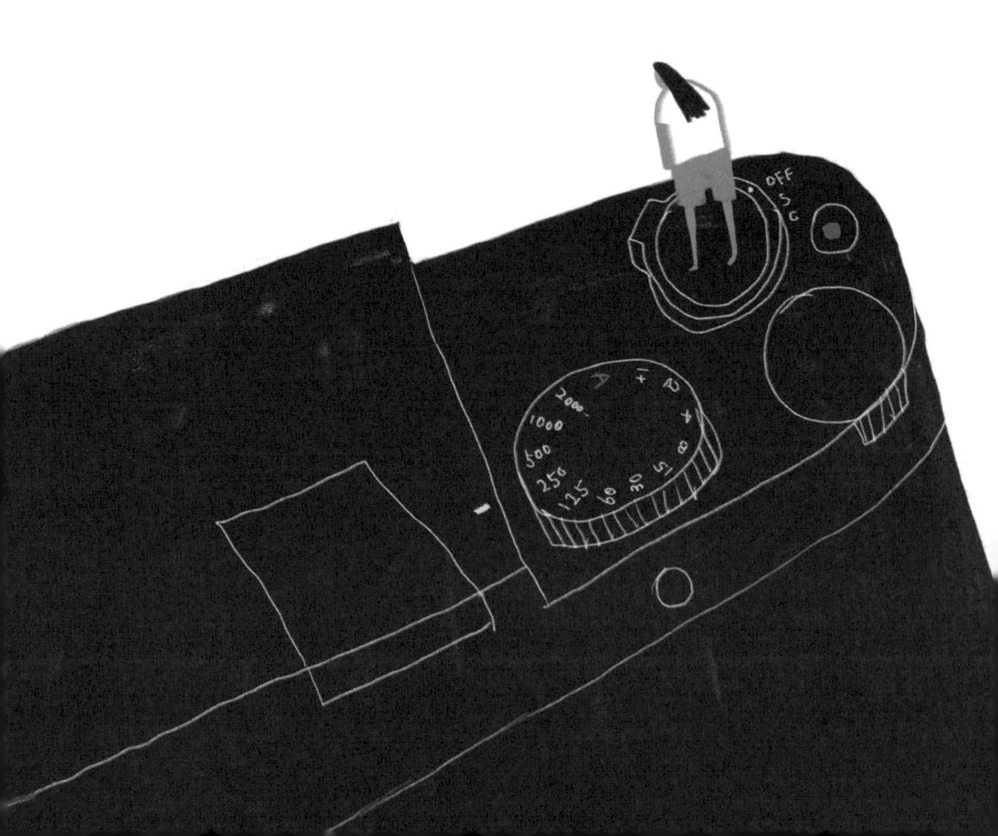
OFF
S
C
2000
1000
500
250
125
60
30
15

지금이야! 가 아니어도, 그냥
카메라 셔터를 누른다. 트큭, 거리는
셔터 소리가 듣고 싶어서다.
비슷한 이유로 하릴없이 너 이름을 부른다
어? 하는 대답이 듣기 좋다

FRIDAY. 21. OCT

다섯번을 그냥 불러도 응? 왜? 어? 응? 응 해줘서 고마워

아메리카노는 너무 진하고
라떼는 너무 무거울때. 그때

더욱더,

일희일비 하기로 한다
이틀에 한번은 웃을수 있어
한달에 보름은 웃고다닌다.
다음날 슬플때워,
어제 웃은걸로
퉁치기로 한다

WEDNESDAY
AUG. 17.

BIG·BIG
PICTURE

나는 분명히
큰그림이 있는데
사람들은
너무 가까이에서 보니까
그게 뭔지 잘모른다.
있다, 그런게
BIG PICTURE 라고 하는거

BIG PICTURE

그곳에 있고 싶단 생각이 간절할때 드는 생각

JOURNEY

TRAIN.
BERLIN.
SATURDAY.
20, Aug

빛도 공기의 향도 다른 곳에 가면
다른 생각이 들까? 그렇겠지 아마도

여러 색감을,
다른 생각을 가진
다양한 이를 만나자,
사는게 좀더 화려해 지자

30
FRIDAY
SEPTEMBER

나는 좀... 덜 그랬더랬다

PURPLE
YELLOW
RED
DEEP BLUE

낯선도시가 조금 덜 낯설어지는 순간

TUESDAY
AUG 23

눈만 마주쳐도
눈인사를 한다

BERLIN. END

아— 가기싫으네,
가방만 보내면 안될까?
잘찾아갈수있지?

혹시 길 모르겠으면 택시타.
아- 12시 전엔 들어가 할증 붙어. 헤헷

좋아하는 일, 아오, 심장떨려

THURSDAY _ 25 _ AUG

아아으어어아아오으으

PART 3

아무리 생각해도 '시름시름'은 '싫음싫음'이 분명해

길 가다가, 막다른길이어서 그냥, 막, 다른길로 갔다. 다른길로 가면 되더라

SUNDAY 18 SEP

막나가지는 말것

ONE SIDE LOVE
UMBRELLA
TUESDAY 24 MAY
FREITAG

짝사랑은 우산이다
비가 그치면 접어야 한다

젖은 앞머리가 이마에 아무렇게나
헝클어진 모습도 너무 좋았어

그냥, 갑자기 비가 내린다
우르르 카페로 비를 피한다
아무도 찡그리지 않는다.
마침잘됐네, 커피나 할까?
이런 표정이다
MONDAY
AUG 22

캔같은거에 넣어뒀다가.
생각날 때 틱- 따서 꺼내고
싶은 것들이 먹는거 말고도 잔뜩이다
가령, 요즘의 하늘이나,
2014년 몇몇 날들이 기분, 같은것들
흘려들었던 걔의 농담반 진담반 뭐 이런거-

SUNDAY. 25. SEP

APPLE에서 하나 만들어도 좋겠는데?
이름은... iCan 이려나

엄마에게도 엄마가 있었다
엄마도 딸이었다

울 엄마가 이따금 "닌 내같은 엄마있어서 좋겠다" 하신다
그리고 이어 말씀하시길 "나도.. 울어무이 보고싶다..." 하신다
... 짠하다. 엄마도 세상 기대고 싶을때가 있으실텐데

WEDNESDAY 13 JULY

아... 싫음 싫음 싫음 싫음...

정말 싫었나보다
시름 시름 앓았다...
월요일 아침ㅣㅅㄲ...
MONDAY SEP 5

시름시름은 틀림없이 싫음 싫음 이다

몸조리 — 맘조리

맘상했다.
맘조리 잘해야겠다

TUESDAY JULY 26.

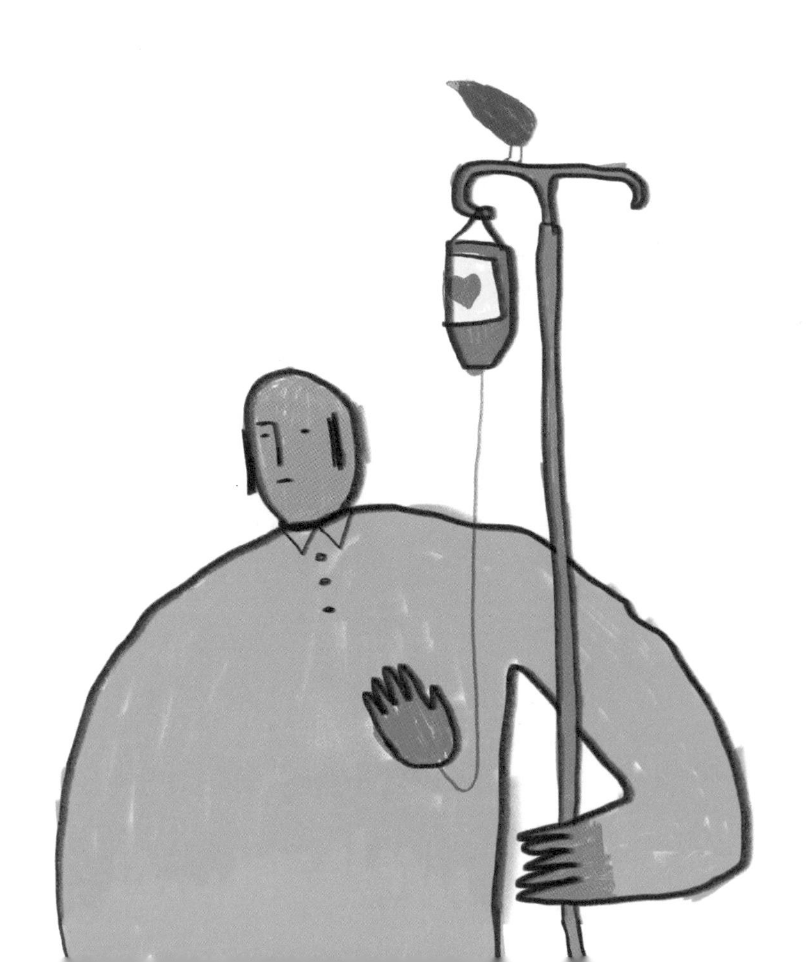

기운내, 내 마음

맘조리
THURSDAY
AUY
4

어떤면에서,
음악만드는 사람들,
그 사람들다 의사인듯

약은 약사에게, 음악은 악사에게

우의를 입고 산책하는 강아지를 봤다
오늘 본 가장 예쁜 풍경 :-)

입맛이
변하는 것처럼,
귓맛도
변하나 봐.
잘... 모르겠다
요즘 노래 :-(

TUE
SDAY, SEP. 13

가볍게 라떼 한 잔을 할때,
캡사이신 잔뜩 들어간 사랑노래는 이젠 좀 힘들다

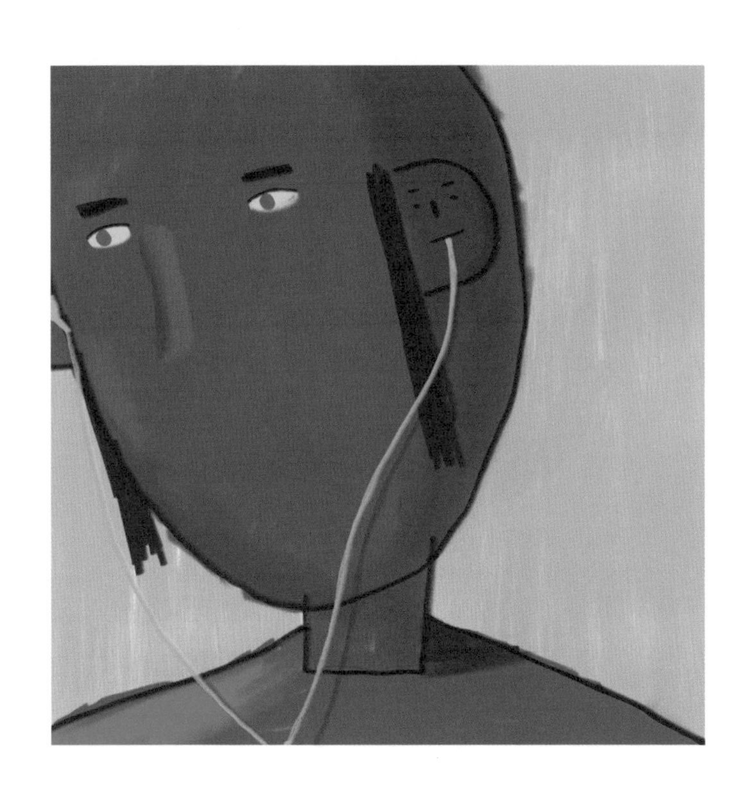

SATURDAY-CHICKEN

토요일에 전화할게

많이 아팠겠는데...
시간이 약 입니다. 알약 한개가 30일이에요.
떠오를때 마다 공복에 따뜻한 물이랑 복용하세요

완치는 어렵겠네요, 시간이... 그래요

SATURDAY
22, OCT

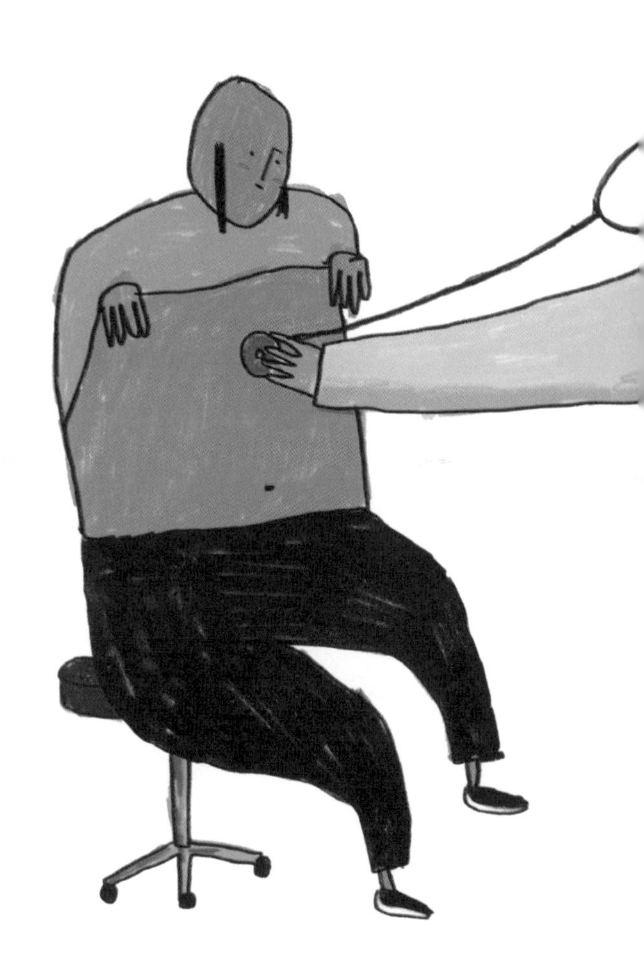

울지
않기로 한다.
더는...

TUESDAY
18. OCT

오늘,
해수면이
가장 높을
거란다.
중력 때문에.

오늘 울면
눈물도
많이 흐르려나

아주오랜, 20년지기 친구녀석을 만나
한참을 이야기를 나눴다. 그러다가
어? 이 녀석한테 이런면이 있었구나...
라는 생각이 들때즈음,
아... 살면서 이런면이 생겼구나...
라는 생각이 들었다
FRIEND
/
MONDAY
13 JUNE

심지어 커피도 샀다. 이 소금쟁이같던 녀석이

취중진담이
사실이라면,
경찰, 검찰, CIA, FBI의
도입이 시급하다

SUNDAY
SEP. 11

취해서 하는 이야기인데-
라며 꺼낸 말들이
진심이 아니길, 구라이길
여러번 바랐다

FRIDAY 16 SEP

영수증이 위험한거래

인쇄 잉크가

암을 유발한대...

그런데, 그것보다 ㅋㅋ

영수증에 찍힌 금액... 보니까

암걸릴거 같아

하아....

넌 할수있는 그런 사람이야,
일에 몰두할때
너의 모습이 최고 섹시해.
다음달도 응원한다

으아아아아...

MONDAY
JULY 18.

모두에게 좋은 사람일 수는 없겠지
나는 아닌데, 악역이 되기도 하고.
괜히 미움받는 월요일처럼

넌 좀 월요일 아침스러워, 그것도 7시.
이런거?

TUESDAY.
3. NOV

두마리 토끼를
다 잡는 방법?
한... 스무마리
풀어놓으면 되지 않을까?
뭔가, 많이, 여러번, 자주 해봐야지
그러다보면 손에 잡히겠지 덥석-

이해하라며,
난 원래 그런 사람이라며_
그래도, 니가 원래 그러면
나도 원래 이렇다。
그러지 말고, 우리,
중간쯤에서 만나자

FRIDAY
JULY
8

우린 원래 좋은 사람들이니까 응?

타협

겨울에는
가슴이 터질듯한 사랑보다
주머니가 터질듯한 사랑

SATURDAY 12 NOV

따숩다, 아 따수워

참! 잘했어요

퇴근하고 집에가서 딱 누웠는데
"아 - 오늘 좀 괜찮았어" 싶은날은
일이 잘된 날보다 뭔가...
사람들이랑 잘지냈던 날이다

MONDAY 4 APR

오늘 어땠어? — 응, 좋았어. 사람들이

그 사람의 향이 맡고싶을 때를
그립다, 보고싶다 라고 하는게 아닌가 싶다.
그 사람 못보고, 향이 그리울 때,
아이고...
향수병에 걸리고 만다
난, 사람 향수병이 제일로 두렵다

Wednesday. 26. OCT

쿵-쿵-쿵

여름,
우리가 무지
좋았던 흔적

꼬옥

WEDNESDAY
SEP. 7

사진을 찍을때, 한쪽 눈을감는다,
다른 한눈으로 부지런히
예쁜, 예뻐보이는 면을 찾는다.
사람과 살고있다.

한면은 있겠지, 좋은 면

한쪽눈 딱 감고, 그 사람이랑 이 세상,
좋은면만 보자
사진 찍듯이 그래보자

TUESDAY, 20, SEP

얘기하는 도중에 말이 끊길때가 있지,
"..." 말줄임표가 뜨는 상황일때,
그 쩜쩜쩜에 음표를 그려넣는 사람이 있다
그 사람이다, 오래볼 너님의 친구

나는 막 그
트루먼 쇼의 트루먼 처럼
내가 주인공인, 막 그런줄
알았는데, 아닌거 같기도 하고
그렇다. 왜 그런고... 하니
아직 대사를 덜 외웠나보다

FRIDAY 30 SEP

시간도
키핑할수
있었음
좋겠다

KEEPING

넣었뒀다가 담주에 두시간만 꺼내써야지

SUNDAY 8 NOV

난 아무래도 오른손이 너무 고맙다
내몸 어느 구석이라도 탈나면 슬프겠지
그래도 오른손을 편애한다
일단은 그림을 그릴수 있어서였고, 못생긴
낱자도 쓸수 있어서다, 사진도 찍을수 있어선데,
아무래도, 난 오른손이 좀 더 좋다

미안해 머리-어깨-무릎-발아

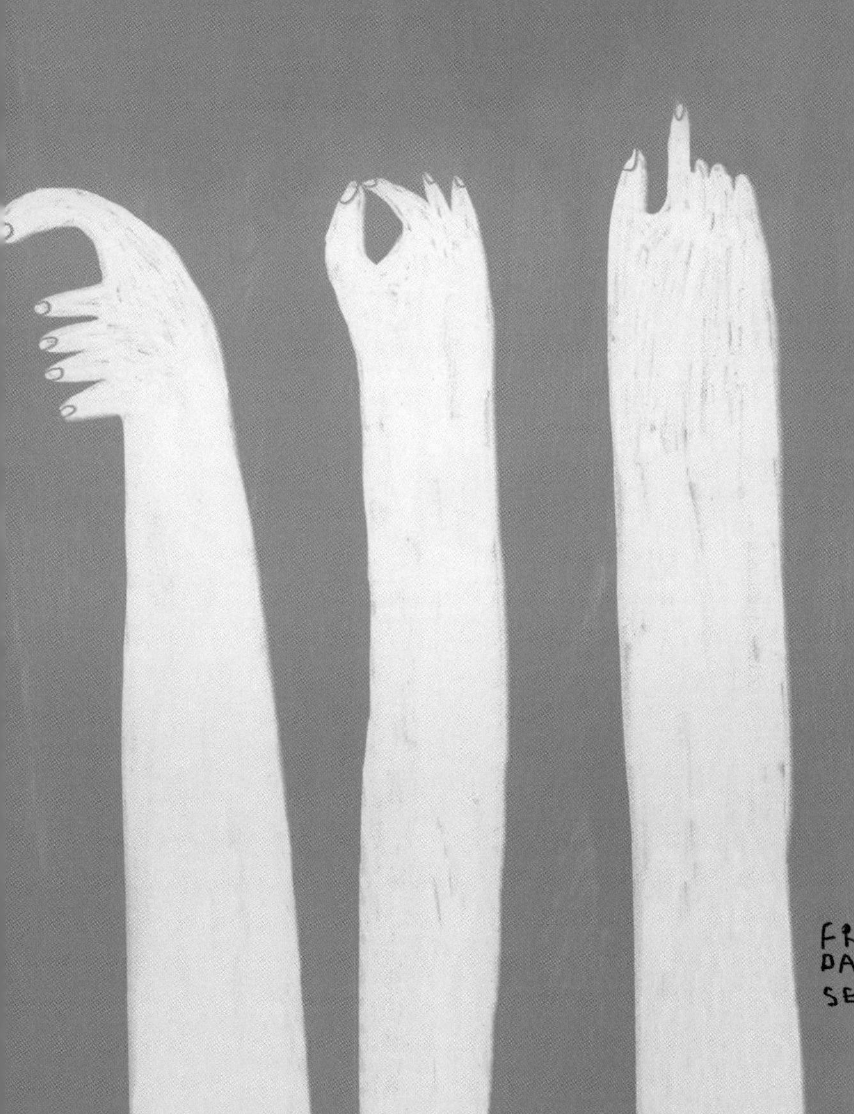
FRI
DAY 23
SEP

너가
100개 였으면 좋겠어
진짜 1개는 나랑 놀고
99개는 일하러 가고

TUESDAY
6. OCT

응? 싫다고? 왜? 마늘 싫어해?

사람 맘이
참 간사해서,
걔가 다시 좋아졌다
WEDNESDAY
5, OCT

내가 한개도 안 간사했다면
다시 좋아질일도 없었을 거다
사람이라 귀도 얇고 간사해서 다행이다

QUE SERA SERA

어떤 동전이 있다.
이러지도 저러지도 못할 때,
던지면 옳다 싶은 길을 주고,
가보니 아-다 맞더라 하는 그런 동전.
뒤집어 봤더니 앞뒤가 똑같은
대리운전 같은 동전.
그러니까 결국은 다 내가 해낸
그런 동전

WED
NESDAY
AUG
31

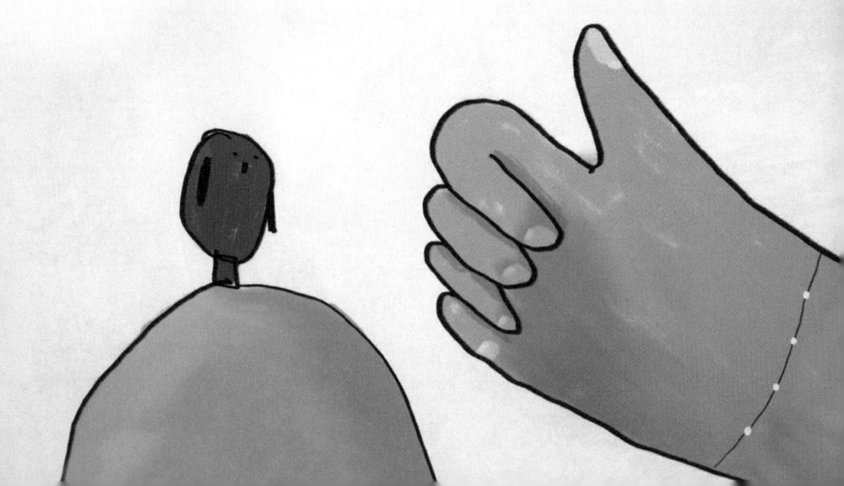

이거 빵인데,
하나는 가면서 배고플때 먹고,
하나는 조금씩 떼서 가는길에 뿌려둬.
혹여나 돌아올때 어둡거나.. 길 잃으면
빵조각들 보고 찾아와

모험떠나는 친구에게 빵두개를 선물한다
하고 싶은거 다 해보고 와, 힘내렴!

할부로 산다
다음달의 나한테
열심히 돈벌라 했다

할부로 좋아했다
다음달도, 그다음달도, 그다음달도,
그다음달도 좋아해야지 했다, 나한테.

TUESDAY
25. OCT

근데, 일시불이었나봐…

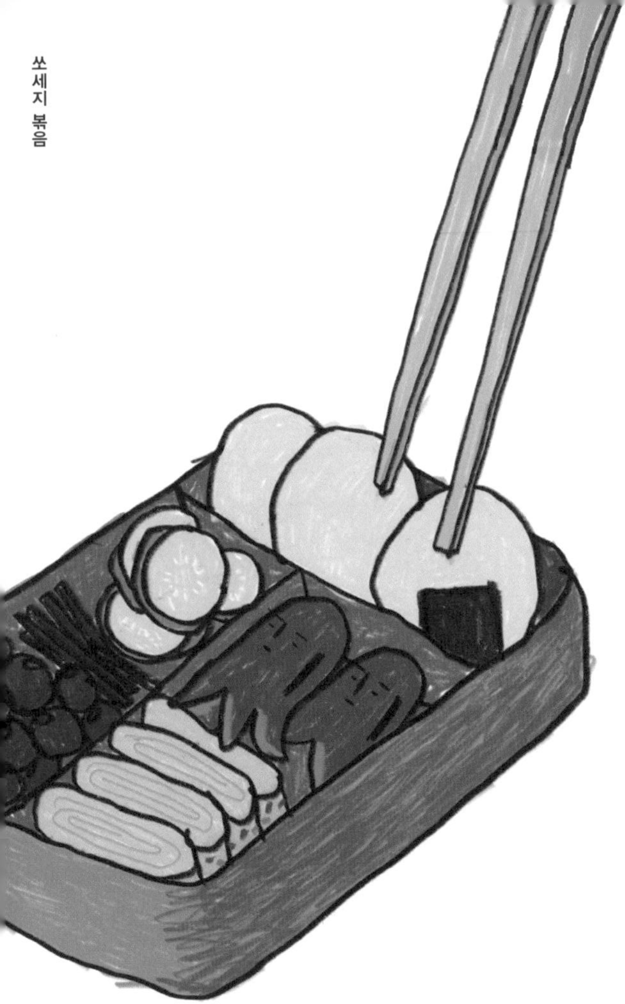

쏘세지 볶음은
항상 마지막에
먹었다.
좋아해서, 아꼈다.

당장,
내가 약간
느리거나,
제자리 인건...

혹시 내가
쏘세지볶음
일지도 모른다

나를 아끼나 보다

wednesday
2, NOV

아끼다 똥된다, 빨리 써먹어라

진짜로
진짜로
하고싶은 말일수록
돌려서 말하게 된다

BING-BING

에, 그러니까,
그게 말이지. 사실 그래
알잖아, 그치?

HESITATION.

결정장애 일까, 결정잘해 일까

끈기있어야 할 때와,
끊기를 멋지게 해야 할 때

분명히 말하는데, 화장실 얘기가 아니다

TUESDAY
19
JULY

BLOSSOM

잘다듬어서 넣어두고
물을 담아주면 꽃을피우는
신기한 병 이더구나, 너.
몇가지를 담아본다.
볕 잘드는 곳에 두고
물도 자주갈아줄테니,
꼭, 꽃을 피워다오,
내가 되게 좋아하는
것들이다

FLOWER BOTTLE

TUESDAY
12. JAN

SPAM

느지막이 일어나서 라라랜드OST 틀어놓고
현미밥 한공기 떠놓고는 너를 볶는 상상을 해봤어
아... 행복하다 :-)
요새는. 행복? 대단한거 바라지도 않는다
여유롭게 햄이나 볶아서.
따순밥이랑 먹는거. 그게 행복인듯

TUESDAY
17.
JAN

햄볶. 뭐 별거있나

저 좀아까 매거진 B
사갔는데요, 가서 보니까
이거 영문판이더라구요.
바꿔 갈수 있을까요?

아, 네, 그러세요
안그래도 저희 직원이
걱정하고 있었어요

TUESDAY
JULY 19

왜... 걱정까지 했습니까?

PART 4

너만 몰라,
세상에서 네가 제일 판타스틱한 거

위로.
까닭 모를 일로
바닥에 아래처진
너 마음을 위로
올려주는 일

TUESDAY
15
DEC

RELATION-SHIP

TUESDAY
4, AUG

니가 갔다와

니가 갔다오라고

아쫌 갔다오라고

니가 갔다와

니가 좀 갔다온나

SATURDAY
21 MAY

쭈쭈바 한개만 사오라고 쫌...

요며칠
아주
더웠다,
이게무슨
오월인가
싶었다

B
비가 좀 와도
괜찮겠단
생각이 들었다
뭐 어때,
우산 쓰면 되지.
대신, 커피가 더 맛깔나잖아
안 그래?

그랬는데,
지금 딱
비가 온다.
이런 걸
뭐라고 하게?

TUESDAY 24 MAY

비 협조적이다

마음을 담기에
입이 모자라면
눈으로 얘기한다

TH
URS
DAY、6、OCT

아직은, 지금은
제자리에서 빙글빙글
돌아도 언젠가, 꼭
백자나 청자 같은게
될거다. 나는

MONDAY
20. JUNE

뭔가 꼭 되고말거에요 당신은

YOU
Fanta
STIC
MONDAY
14. AUG

FANTASTIC

나, 어릴때는

아이고, 애가 참

어른스럽네, 그랬다.

나, 지금은

넌 아직도 왜..

애 같냐.. 그런다

음...

둘 다 칭찬이겠지?

MONDAY
3, OCT.

어른이라는거 재미없다

고양이가
아팠나보다
꼭 끌어안고는
"응-괜찮아
괜찮아괜찮아"
하나도 못알아들었겠지만
다알아들었을거 같다

어 그래 - 그래 - 아프지마 괜찮아...

내가 바지를
사면 그림도
같은 바지를
입는다。
내가 그리고
쓴것들에
내가 묻어있다。
썩, 기분이 좋다

FRIDAY
JULY 8,

좋은 그림만 그리고 쓸수 있도록-
좋은 일들만 잔뜩이었으면

위에서 요만큼,
아래에서 요만큼,
좋은 때는 눈으로 잘오려서
담아둔다

아무것도 못해놨는데
근데 너무 떠올리고 싶은데
안그래지면

아..., 말도마

THURS
DAY.
24.
NOV

눈에, 마음에 오래 담아두는 일

못 참겠다 못 보는 건……

그거 알아? 만두효과 ㅋㅋㅋ
고기만 먹어도 맛있는데, 밀가루 피 입히면
백배터 맛있어지는거. 그런게야 만두효과.
영화 무자게 좋아하는데,
걔랑 보면 백배는 더 좋은거.

그거임, 만두효과

그럴만두하다

사이드미러 달아줄게
나는, 늘 옆에 있었는데
안보였나봐?
내가 거울에 보이는것보다
가까이에 있다

Thursday 17 NOV

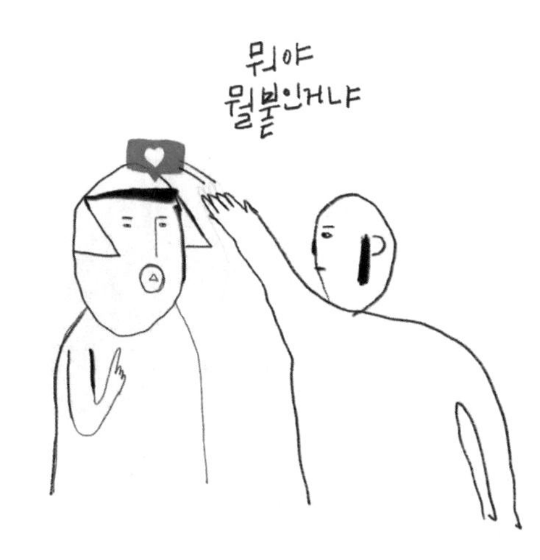
뭐야
뭘붙인거냐

FALLING
SLOWLY를 들었다

좋아할 땐, 따뜻한 분홍색 물에 빠지는거 같고,
그러다 말게되면, 차가운 검은물에 몸이 잠기는거 같다.
좋아하거나,
말거나,
빠져드는 거였나

SUN
DAY,
16.
OCT

천천히 가라앉는 ㅡ ㄷ ㅏ

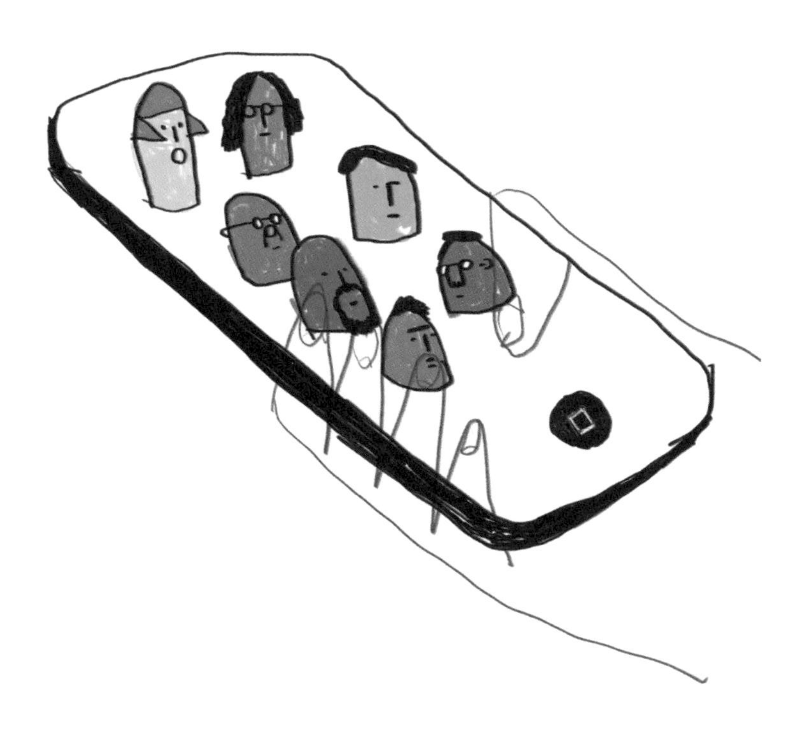

자주 연락하는
가까운 사람들.
이라며 모아놓고는
전화번호는 까맣게
잊고있었네
그저 단축번호네 :-|

SATURDAY
17 JULY

몇개나 외우고 있어요? 전화번호

ESPRESSO

커피가 참 신기한게,
누구와 함께 있냐에 따라서
그 맛이 야무지게 다르다

FRIDAY 28 AUG

나는 나무다
집에 오는 길에 염색약 샀다.
컬러는 작년에 썼던
'도봉산 골져스 브라운'이다
올해는 좀 서둘러야 겠다

TUESDAY AUG 30

내가 최고로 애정하는 가을

오려나 보다, 가을 THURSDAY SEP 15.

모든 그림자가 까맣지는 않다

택배가 와서
열어봤는데, 텅비었다
뭐야.. 하는데.. 익숙한 냄새다
너 냄새다. 너 냄새를 잔뜩
뿌려 보냈다. 닫을수가 없는상자잖아...
다른 이것 저것들을
막 넣었다. 빼곡하게...
너 냄새가 묻어나라고,
그러라고

Wed
nesday
22
NOV

빛나는 꽃길만 걸어라

뭐찾나?
나
지난 봄에 뭐했나
보는거다
그래,
너가 내
봄이고 여름이고
가을이고
올 겨울이다
TUESday
15. NOV

따뜻한
아메리카노
한잔에는

진한
JAZZ가
그 풍미를
더하고

나의
시간에는

곁에 그대가
함께여야
더 온전하며,

버스탈때는

후불식교통카드를
찍어야 한다
... 카드 잘못 가져왔다
아... 제길

THURSDAY 26 MAY

정신 단디 차리자

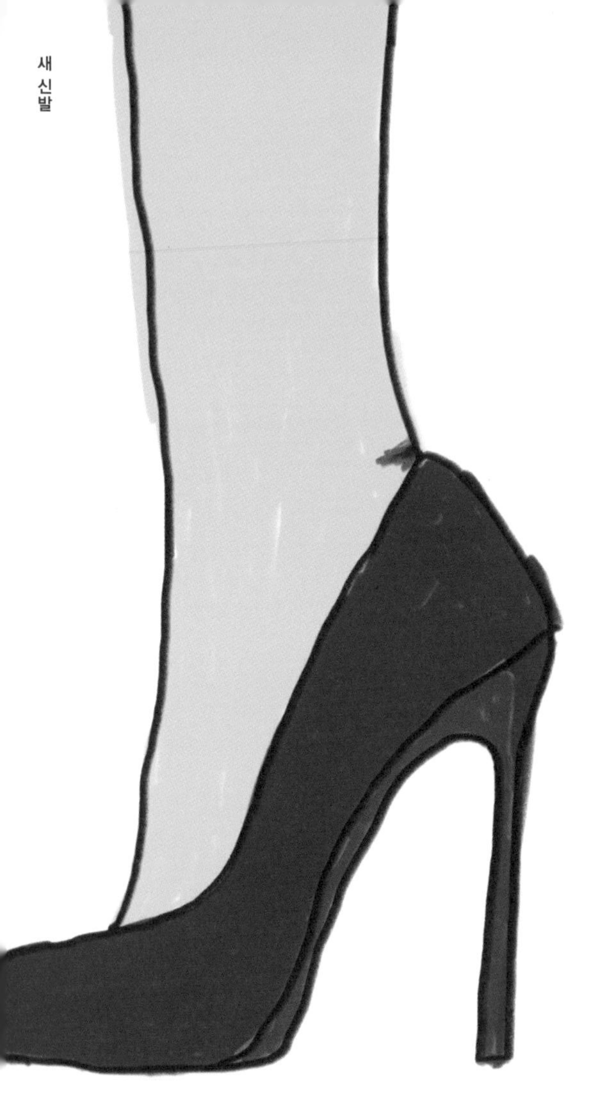

딱 보자마자, 우와! 했어
너를 신고 어떤 바지를
입을까 막 상상하고,
아, 셔츠는 진작에
골라놨어.
근데, 반나절만에
뒤꿈치가 아파,
어째서지?
죽을것 처럼은 아닌데
암튼 아파. 걸을때도,
설 때도.
아무래도, 좀더, 서로
발을 맞춰봐야
되나봐

SaTURDAY, 26, NOV

오래 안걸렸으면 좋겠어 :-)
그리고 양말은 꼭 신을게

참고, 참고, 또 참고

학생때에는 좋은 사회인 되려고 참고서를 봤다
좋은지는 모르겠지만 사회인 되고선 참고서.., 일한다

PENCIL SKIRT

스으읍 후…

셔터를 누르기 전에,
숨을 꾹 참는다.. 또 한번 참는다
그러면 안흔들리거나, 혹은 덜 흔들린
괜찮은 순간 한커트를 얻는다.

:

참는다. 잠깐 참으면
괜찮아 질거다.
숨 훅-들이마시고,
잠깐 참으면,
괜찮아 질거다

나는 한개 뿐이니 살살 다뤄 주세요

맞잖아요
우린 다 한정판입니다

MONDAY, 14, SEP.

high-heels

유사한 이미지로 깔창이 있겠다

thursday
20. may.

DAY OFF

손. 끝

머릿발, 옷발,
안경발보다
사람발

SUNDAY 1 NOV

SARAMBBAL

무지 사소한 일이라도
사소한 일에 무지하지 않기를

모래알이든 바윗덩이든
물에 가라앉기는 마찬가지다
- 영화 OLDBOY -

토닥토닥 맘조리

1판 1쇄 발행 2017년 3월 30일
1판 2쇄 발행 2017년 4월 14일

지은이 김재호
펴낸이 고병욱

기획편집2실장 장선희 **기획편집** 이혜선
마케팅 이일권 이석원 김재욱 곽태영 김은지 **디자인** 공희 진미나 김경리 **외서기획** 엄정빈
제작 김기창 **관리** 주동은 조재언 신현민 **총무** 문준기 노재경 송민진

펴낸곳 청림출판㈜
등록 제1989-000026호

본사 06048 서울시 강남구 도산대로 38길 11 청림출판㈜ (논현동 63)
제2사옥 10881 경기도 파주시 회동길 173 청림아트스페이스 (문발동 518-6)
전화 02-546-4341 **팩스** 02-546-8053

홈페이지 www.chungrim.com
이메일 redbox@chungrim.com
인스타그램 www.instagram.com/redboxstory

ISBN 979-11-88039-00-5 03810

• 이 도서의 국립중앙도서관 출판시도서목록(CIP)은 서지정보유통지원시스템 홈페이지 (http://seoji.nl.go.kr)와 국가자료공동목록시스템(http://www.nl.go.kr/kolisnet) 에서 이용하실 수 있습니다.(제어번호: CIP2017004548)

하루종일 SNS만 하던 부하직원이
하라는 일은 안하고 회사 몰래 만든 책!
잘라야 할지 투자를 해야 할지
팀장을 고민하게 만드는 바로 그런 멋진 책!
에브리바디 책디스아웃!

크리에이티브 디렉터
신태호

그의 SNS 작업들은 나의 지친 하루에
찰나의 휴식을 주던 선물 같은 작업들이었다.
이 보물같은 작업들이 이제 한권의 책으로 나왔다.
나만의 보물이 이젠 모두의것이 된다는 '아쉬움'이 있지만
반면에 이 센스쟁이가 유명해지고, 성공하길 빌어본다.

2017. 02
이정호 A.K.A JONO

정형화되지 않은 펜글씨로
쓱싹쓱싹 그려낸 그림들이 마음에 이토록 와닿는건,
우리네 일상이 그의 그림 이야기처럼
삐뚤빼뚤, 지그재그의 연속이기 때문일까.

도쿄에서 칼럼니스트겸 번역가
이민경